華志文化

# 絕句詩變身秀

## 在時代浪尖上迴身獨演於一座舞臺

詩體所現句式變化，即在選配節奏；而平仄相調，則為營造旋律；至如韻腳設計，乃有和聲延聽需求。此理至明，卻因人多未驚而演為不傳玄祕。獨味昇華為所劇演文內極大化資訊者，乃我最新信念：舊詩體重生，在此一役。

卷一　孔說吾少也賤

卷二　權力網絡灰撲撲

卷三　生存競爭指數爆表

卷四　人間社會空洞虛無化

卷五　科技夢魘以太升級

卷六　觀復我論著文字海

周慶華◎著

## 書內容簡介

古詩重生，實賴資訊詩化一途。試煉有成，則可以轉傳統為開新，再領風騷。本詩集即基於此一理念而勤懇創作完篇，體式依古五七言絕句，鍛情鑄意乃越今力求翻新，全程以變異姿態，在時代浪尖上迴身獨演於一座舞臺。

## 作者簡介

周慶華，文學博士，大學教職退休。出版有《詩話摘句批評研究》、《文學理論》、《語文符號學》、《文學經理學》、《走出新詩銅像國》、《七行詩》、《剪出一段旅程》、《新福爾摩沙組詩》、《銀色小調》、《飛越抒情帶》、《意象跟你去遨遊》、《詩後三千年》等七十多種。

# 序：在時代浪尖上迴身

詩源自歌唱而非徒作，今所存詩三百篇多顯疊套合樂略可證矣。

歌唱有曲調，曲調有旋律節奏。詩體所現句式變化，即在選配節奏；

而平仄相調，則為營造旋律；至如韻腳設計，乃有和聲延聽需求。此

理至明，卻因人多未憭而演為不傳玄祕。

後有五七言詩仿作不歌，遂成定式；而歌唱則別立長短句樂府承

祧，自成一脈。二者異巒並驅，時有合流（純詩亦可配樂而歌）；終

而再出律絕謹嚴格律，以及新樂府並曲子詞遞相衍變嗜新。傳統詩歌

可察見者如斯而已，豈有滯理奧義容乎其間！

然歷代說詩者，或究韻譜，或考律髓，且出例課類，判分雲泥，

所詳處幾成大觀。殊不知格律細節，乃一人一式，後學卻以前賢所有

意無意創體為典則，而相衡自我從業不殆，實屬可怪。

今審五七言體乃語言美聽二式（以後出絕句為基底），已成慣習，

自可保存。餘如古音今調及輕重緩急等取則等，但以略能使唇吻道會

為主，毋須計較舊有體式；另用韻慮度，亦不必強戒出韻而自縛手腳。

若然，則可以談古式新裁重光詩思一事。

近世外犯屢至不敵，國格淪胥，舊詩體亦隨風潮為新詩體所取代。

但此新詩體形製氣力乃盡仿西方自由詩而不名，獨有「資訊詩化」乙

格或可一搏濟窮。而此試煉我已有多本詩集展演（如《剪出一段旅

程》、《新福爾摩沙組詩》、《銀色小調》、《意象跟你去遨遊》、

《詩後三千年》等）且以一冊《走出新詩銅像國》論著詳為究本窮理

待驗。今游刃有餘，當再向舊詩體謀求變身以相符應，庶幾不負平生

所思所感！易言之，新詩體各式概已經我寫遍，難再出奇思；唯有舊

詩體式甚夥，或可取一二變身從新出發，以顯個殊。此中理路，乃因

古哲思辨據我實踐已有「轉傳統為開新」一體，詩詞本皆美物久耀，

應更可比照一試。

書名為變身秀而不言變裝秀，僅緣此事尚涉一般律則，全然換新外

觀仍非所能。尤為切要者，乃詩體容受極大化資訊變身一級得自我恪

守，而此項則已體現於第二卷至第五卷商兌新學中。筆觸所及，述事

紬理，調性急切，不忌露白；內情傷時罵世規過勸善兼而有之，或可

博人一哂，但嚴肅鑄意仍不宜廢觀。

此外，首尾兩卷，權為我補傳（補多年前出版《走上學術這條不

歸路》一傳所未盡意）。其中尾卷〈觀復我論著文字海〉已字面見意；

而首卷〈孔說吾少也賤〉則取義未著半句「故多能鄙事」。此中頗寓

孔聖哲思高華，難以企及，姑且暗截其繼語自況，以表少賤盡擔鄙事一節不遑多讓。全卷看似但攄我胸臆寫我識見，而不涉代變詩風或多備格力；然所亟欲突破舊詩體侷限此一志意，亦不難自合體中覷見。

邇來私忖前出大家作詩鍊字，或喜奇僻，或尚辛辣，我難以比肩；單沽重鹹一味，稍可並觀。如此則獨味昇華為所劇演文內極大化資訊者，乃我最新信念：舊詩體重生，在此一役。

周慶華

# 目次

9 目次

序：在時代浪尖上迴身／5

卷一 孔說吾少也賤／17

裸童／19
來去礦場／20
比居／21
數藷日／22
海濱少年／23
藻食／24
穿山人／25
扛工／26
另類獺祭／27
肩負照遊戲／28
飼豕前後／29
聽牠在哀嚎／30
閒無記／31

牲畜滿庭院／32
忙活／33
折節欠讀書／34
送報伕／35
升學遲感／36
師培喚筆耕／37
寫手夢／38
兵役涼背／39
駐杏壇／40
觀我童年復生／41
棄力／42
挺入高黌舍／43
解嚴操兵／44
恩怨一籮筐／45
遐思／46
同道勉旃／47

放逐東海岸／48

鯉魚山醒／49

上庠留我不留／50

還寄情／51

文字療癒／52

東向覓居短吟／53

紅樓遺事／54

遣懷／55

筆耕記趣／56

日夢／57

伏案後／58

蘭居／59

悼某某／60

變徵／61

退休續寫／62

孵新夢／63

散記史牒／64

博弈／65

勘瘟疫／66

卷二　權力網絡灰撲撲／67

開端／69

又見戲局／70

數霸凌／71

名塚／72

堂屋裏外／73

拚排名／74

升級／75

進入職場／76

觔力／77

看他鑽營／78

捉放曹／79

準範／80

續準範／81

風雨無故人／82

小大／83

吹哨者／84

間隙／85

檢舉魔人／86

爬高／87

抓耙仔／88

攻詰／89

彼得原理／90

存怨／91

遛鳥客／92

瀆汝／93

灰侍者／94

食神／95

掌中戲／96

寒流且縈懷／97

模擬自況／98

去服／99

紅塵滾滾／100

卷三 生存競爭指數爆表／101

早估／103

許願先失／104

美易物／105

爭天／106

思兌地／107

誨教者懺／108

搏命／109

一葦渡江／110

市廛／111

衙／112

職窟／113

街頭喋血／114

跳槽／115

個體戶／116

自資／117

策略聯盟／118

黨固／119

民主行陣／120

坐龍椅／121

名／122

孔式／123

莊子逍遙／124

墨徒／125

公孫龍升辯／126

法賊／127

數雜家／128

晉鬼一族／129

神遇／130

空門亂碼／131

詩療疾／132

寒山入關／133

惠洪文字禪／134

有魔鬥／135

乘願再來／136

卷四　人間社會空洞虛無化／137

棄舊後／139

又見街頭喋血／140

自由妄念／141

務外／142

陰制動／143

翻案／144

人才荒蕪／145

斷點／146

新型守財奴／147

典沒／148

瘋買辦／149

零賞榮光／150

海歸迷／151

文化征服／152

腳屈／153

政治幫派／154

賭／155

搶錢族／156

百變妖狐／157

軋戲／158

仵作登天／159

票反／160

呡／161

羣蠅／162

通衢大道／163

逃難／164

飆／165

歐風美雨／166

點絳唇／167

鼎／168

茫途／169

錄鬼簿／170

卷五 科技夢魘以太升級／171

史乘／173

禍從地起／174

壩川／175

眼失天際線／176

游龍／177

飛／178

鑿山／179

抽油泵／180

佔海／181

惡地表／182

宇宙流光／183

吸能機／184

複製／185

煉金術／186

引擎貿啟／187

出兵／188

欷／189

失心瘋／190

毒／191

核爆／192

囡／193

智死實驗室／194

病毒戰／195

航天／196

驚心陸海空／197

洞／198

太空垃圾／199

隱力／200

滿街機器人／201

按鈕／202

卷六　觀復我論著文字海／203

《詩話摘句批評研究》／205

《秩序的探索——當代文學論述的省察》
／206

《文學圖繪》／207

《臺灣當代文學理論》／208

《語言文化學》／209

《臺灣文學與「臺灣文學」》／210

《佛學新視野》／211

《兒童文學新論》／212

《新時代的宗教》／213

《思維與寫作》／214

《佛教與文學的系譜》／215

《文苑馳走》／216

《中國符號學》／217

《作文指導》／218

《後宗教學》／219

《死亡學》／220

《故事學》／221

目次

《閱讀社會學》／222

《文學理論》／223

《後佛學》／224

《語文研究法》／225

《後臺灣文學》／226

《創造性寫作教學》／227

《身體權力學》／228

《靈異學》／229

《語用符號學》／230

《紅樓搖夢》／231

《走訪哲學後花園》／232

《佛教的文化事業——佛光山個案探討》／233

《語文教學方法》／234

《從通識教育到語文教育》／235

《轉傳統為開新——另眼看待漢文化》／236

《文學詮釋學》／237

《反全球化的新語境》／238

《語文符號學》／239

《生態災難與靈療》／240

《文學概論》／241

《華語文教學方法論》／242

《文化治療》／243

《華語文文化教學》／244

《文學經理學》／245

《解脫的智慧》／246

《文學動起來——一個應時文創的新藍圖》／247

《走出新詩銅像國》／248

《跟君子有約：在全球化風險中找出路》／249

《靈異語言知多少》／250

《新說紅樓夢》／251

《莊子一次看透》／252

《君子學：後全球化時代的希望工程》／2

53
《寫作新解方》／254
《《周易》一次解密》／255

附錄：作者著作一覽表／257

卷一　孔說吾少也賤

## 裸童

無緣歲月找相親
碗破窮嫌換底新
腹嚷無神交險境
巴灰起步路難因

# 來去礦場

還原父業採媒工
誥命同儕不許紅
待到吾生翻日夜
連年室外降罷風

比居

頑童甕裏少一押
湊數他來敵兩家
眠我他鄉春啟夢
秋冬趕到盡沙瞎

數諸日

難魚減肉飯多籤
煨好纔陳鼠競先
大畜春餘人止餓
無天不有蹭熬煎

## 海濱少年

寮房礦裔減時衣
入學難違暫別離
海在家鄉濤響遍
連天促我弄潮兒

藻食

平臺海蝕點嵯峨
被覆蒼苔伴紫阿
石縫花開輕作凍
盤中簡俏有時多

穿山人

柴薪撿盡轉淒迷
野果療飢戲覓希
越過低崗高峻嶺
回眸霧鎖路灰梯

扛工

肩挑煙木擔
陣陣沈香汗
選邊客讓身
家在聲聲喚

另類獺祭

撿得螺殼綴
紛披曝曬多
薑賣隨客去
賞少痛心窩

## 肩負照遊戲

號呻弟妹我身背
尿過纏濕又淌灰
夥伴來邀泥作彈
蒙兒炸得亂紛飛

## 飼豕前後

能甘大藷鼎中燒
配菜籮筐倒幾菁
豕仔聞香家盛代
割牲尚得比天高

聽牠在哀嚎

清晨運抵綑豬繩
起剩牢關出銳聲
亂耳低頻呼嘯日
商家賤賣賬清蒸

閒無記

睜開睡眼少紅妝
進港漁船現網框
撿拾殘魚餐佐料
迴身預覩滿風霜

# 牲畜滿庭院

雞鳴鴨啄也來鵝
狗鬧貓誓父老呵
姊趕豬齁拼世代
蟲喧弟嚷水天喝

忙活

前輪踩踏計全生
後腳無能許慢登
載得吩咐多逸響
纔知底氣不沈坑

折節欠讀書

書香歷代有人家
我宅盲文觸底瞎
裏首彎腰皆賤務
焉能上等不生痂

## 送報伕

晨間醒轉趕廂車
綑過文工覷儘呵
字後還加沒萬代
來年補你剩一荷

升學遲感

兼差送報歎多收
暑熱冬寒總冷颼
計策銜無他職去
河風莫教對空舟

師培喚筆耕

凜得慈嚴訓
初嚐棄力難
負笈聽北上
筆落轉心安

寫手夢

窮才夜短苦呻吟
夢裏乾坤澀卯今
想拓千田尋陌路
環山許在看多茵

## 兵役涼背

難辭法令預官情
老作新防鐵衛傾
數得流光空對夜
倉皇逐槓悔存星

## 駐杏壇

回鍋小教抱生團
幾許勞煩審計觀
莫向歸途炎日在
秋陽過後港新灣

觀我童年復生

頑兒聚室多
吵嚷狗一窩
耳畔聽訓勉
兩眼亂城郭

棄力

添風綴雨不屋斜
礎石嚴牢逐我家
頂上還嫌星沒日
輕從命運近身掐

挺入高黌舍

修文進益再研班
典籍痴心有後甘
汲取憑依多證藝
叢林始自任由參

## 解嚴操兵

猶耽學術逞微才
路窄纏荊自劈開
解得三春空飢渴
天邊有卉幾時栽

恩怨一籮筐

刑期禁令綠燈行
桎梏纔消崇又興
辯難豪情壇坫上
端身舉目四鄰清

遐思

來時少地陪
遠地有輕雷
攏總一芥子
萬急被心摧

同道勉旃

傾身論學數春秋
貿得才名美事休
許我赧然迷對視
閒來告白嘆心悠

## 放逐東海岸

求安職場競先奇

島繞一周烏夜啼

駐足濱洋難背岸

他鄉暫作子歸棲

## 鯉魚山醒

迎陽斗室儉知音
夜裏號嘑伴嘓新
僻地眠時驚樹異
彳亍省後緩身親

上庠留我不留

東來十六載空觀
練實一心不許彎
射出輻條傳我運
摛文澤被有時寬

**還寄情**

同儕准我退希休
講演批文偶應揪
稿紙攤開先搏命
書華嗣續寄無憂

文字療癒

傷痛復何劇
世間有後名
不耽今生樂
書誌舉身輕

東向覓居短吟

卑南大圳看滄桑
季節風吹敢敵當
曉日經心圻長夢
暝間低誦減寒霜

紅樓遺事

頑石已歸去
大荒演絕情
我曹通凡輩
來往自由行

遣懷

相逢幾笑泯仇恩
渡盡殘波弟小瞋
卜算研知天底事
從來選項比伯溫

## 筆耕記趣

鼎凍響匡噹
我織文字海
曲心找立方
雙燭交光後

元有劇作家夜案燒雙燭自鳴，填至吃糖一齣掉出糖
與米粒一處飛新句，雙燭頓時光交為一滿壁虛影。
此神奇事，我於《跟君子有約》書寫至最末一字，
背後亦有類似喝采聲響應，姑且誌之。

日夢

春眠然先佔
思鄉白搶光
閒來無歹事
獨守客寒窗

伏案後

從公枵腹會腸荒
轉寫叵難蹇胃筐
浪得留芳幾多夢
還希百醒病村莊

蝸居

覿面有焚風
昂天看大鵬
市載不問盡
年書找亨通

悼某某

五湖四海走一回
文膽長彌稷下催
掃盡迷氛典前現
人神共審頌權威

## 變徵

駢歌登月欠一安

賦頌坫壇索半龕

寧我蒙痴敵狂笑

那能醒後計心寒

今人有用賦駢體寫時事，采散頗現狼狂狀，以此詩姑憫之。

退休續寫

文能治癒世頑癥
每覽千書想變更
重許何如聽自鑄
梟時歷盡日當昇

孵新夢

詎料塵間事
紛然賽市棋
舉筆存另界
孟浪抱根基

## 散記史牒

開朝始帝煉丹金
野合先師選誕新
卜筮神靈勤作嫁
莊生背對道相親

博弈

重回氣化保蒼生
創造局終歷數更
厭世資財輕殖民
從新點逗字占亨

**勘瘟疫**

新炎冠肺竄都心
惑捲羣情水入深
守得清貧一線在
天它任譴又熔金

卷二　權力網絡灰撲撲

開端

揪人聚物罩一重
意欲穿梭險路衝
錯過今生須曠代
潮追恐後竟成空

又見戲局

今疲後力火希燊
撚出餘柴復逞溫
戰到一兵安剩勇
愚頑且慢冀伸敦

數霸凌

庸常放眼盡情欺
反擊消無忤逆希
劇力圍觀通海隅
山前噪鳥亂飛低

名塚

孤求勝出第一層
踩踏殘生美貿聲
畢典年增都逝去
誰將把憶計時爭

## 堂屋裏外

欽如聖旨拱師言
暗裏摩挲半似堅
總藉新年拴運命
今憑正臉斥空鮮

拚排名

居前殿後繭關心
戲裏無人扮老筋
領取榮光還四顧
來年兌你效姻親

# 升級

操盤手內握真機

我輩流沙揀漏滴

注滿空堂猶溢外

槐青准許半枝棲

進入職場

選底纔時地
冗長夜想奔
寄食旰作伴
裏候渡新真

## 觔力

前無聖哲兩焦煎
現有凡庸戰競先
票匭投他心忑忐
明朝恐見水通淹

## 看他鑽營

毛頭蛻換幾時新
上臉寒霜鍍小金
轉去迎來都勢眾
掀眸警你莫相侵

## 捉放曹

權衡大小險中憂
擠兌毋嫌倩你求
越障橫行希伴侶
還來就我限一休

準範

交通達陣欠溫馨
鼓噪人羣罔用勤
學得三招分列式
貪歡半晌到如今

續準範

逢迎拍馬逞一師

晉級留中不閃時

作浪興風猶怨怪

難知死後蔭堅屍

# 風雨無故人

存高級別角先敲
迫逼低層氣運消
霹靂雲中光世道
蒼生瀝盡志先驕

大小

格局輕風校
臺前敢勝天
魯莽欺滅裂
食數祭山巔

## 吹哨者

逃離網絡自由人
布幔掀開不計身
想後思前纔半刻
寧非好作兩方恩

**間隙**

難憑血食恣來生
且顧身旁小淺坑
斷點明朝輕別後
先撓幾線亂紛爭

檢舉魔人

新潮職業卯一欄
教你渾茫不苟安
巷弄街衢是非地
聽聲演藝忌埋單

## 爬高

低頻等步忍吞聲
佔上枝頭肆志哼
異己休來偷探路
佳餚只我上人烹

抓耙仔

紋風漫動犬先聞
止吠還因次質葷
靜候時機全看透
炎天許你失身溫

## 攻詰

無情競比賽才能
訕詆相迎克己愣
飢渴虛榮昭日月
還來落寞伴孤燈

彼得原理

爬山選勢避巍峨
探子登高窄不阿
壯志雄心都算計
蒼茫四顧有迴呵

存怨

呱哇墜地顯殊胎
互戾一朝斷往來
坴紀鴻蒙重啟動
人間不許暗翻嗨

遛鳥客

巧籠樊啾叫
呼朋不應聲
旦夕驚遠志
有夢魘先扔

瀆汝

曹中變節字先查
審罷身家找事搭
織罪毋須張大論
規條我訂你人渣

## 炙侍者

垂頭筆挺立中樞
作樣裝模宛上珠
耳畔風吹伊戰慄
無端落馬又陪都

食神

盤飧肅寂冷秋霜
顧盼爐邊次透光
殺遍犧牲無覓處
孤家且看上紅妝

**掌中戲**

沿聲出場序中分
大小隊伍選庇恩
舉重庸隨聽號令
誰人敢動在前奔

寒流且縈懷

桃源世外落山風
冷蕊枝頭鎖萬冬
醒醉一方獨行客
裴回不入了殘終

模擬自況

無門氏裏半仙人
儒道宮燈且照身
探向西牆無血色
棗紅遣送午時分

去服

脱光始見命嫌真
落子棋盤恐嬰人
浩渺今生非荻願
茫盲後世水漣深

紅塵滾滾

風沙蔽日眇睜開
看得艱難次第挨
哲保完身還霹靂
希緣晉級算一獃

卷三　生存競爭指數爆表

早估

逃離產道剩一孤
自便消遙等海枯
出了牢關身再陷
何時養眼夜明珠

許願先失

無心戀覽客東村
恰切圖書指數存
老顧西邊忙作嫁
趨前冉染盡兒孫

**美易物**

雲霄望斷是非今
秤斗先生車載去
尚勝存家幾萬金
重回遠古歷千辛

爭天

先嫌矮箇喘單希
係統活生計不棲
仰首偷窺星黯淡
沈岑月送減輝機

## 思兒地

誇言重踏響沖天
走遠方知夢不黏
但敢輕聲敷潤物
蠲除雀想看雲顛

誨教者懺

羣蒙攏聚總一缸
杏樹為壇汰秕穅
哺食猶多空撚慢
呶呵背地數泥江

**搏命**

如椽大筆巨思惟
著述皇然醒指歸
百代一家光耀日
梭機不眠夜謙撝

## 一葦渡江

輕功倒練返初元
遍地行乞禁喊冤
許諾提攜商契作
穿心暗箭欠文宣

市廛

車漿引賣客多心
北斂南花畛暗陰
荷擔他兜空費力
層間有尚洗流金

衛

公門亂入險司閽
直達堅核仗仲昆
鬥角從來多怨懟
勾心且晉次神尊

## 職窟

倚待依山望
行前數海流
日夜驚沒頂
漫眼霧氛悠

## 街頭喋血

登時口角忌東門
力語雙方血氣噴
阻斷調和新裂隙
紅中有物理先奔

## 跳槽

非人待遇探盤飧

制舉零星搶小尊

矯目溝旁輕采邑

投身那計素更葷

個體戶

單匹獨闖冀雙棲
走調憑空水淖西
究竟無援奚底事
難如選伴應翬基

## 自資

檀家白手式多方
頓力禪修海倍汪
揀得菩提生慧果
猶堪渡己入銀框

策略聯盟

零頭賺少想多金
共命拉來敘底薪
懶罕存約催地利
機先場布綠如茵

黨固

謀私集結尚黑團
軋你傾他兩把玩
矯幸一朝登頂上
梭哈裏外不溜彎

# 民主行陣

捉廝對殺愛新潮
路窄相逢梃過招
攘外齊一挑晦日
還來辱己又連糟

坐龍椅

新皇選我縱天威
嗷嚚餵哺幾歎虧
四顧茫然星亂月
風聲背後鬼相追

名

違和利便有時貪
食重難輕饋主安
許貿才情通少到
連翩易動減宵旰

孔式

宮牆萬仞深
院外影存簪
攘往多櫟散
返徑鮮瑜琛

莊子逍遙

神人起式馭飛龍
至聖聯名缺少翁
等待清真秋煞過
無邊嘴闊閃寒冬

墨徒

磨胥頂踵怨天賓
遇處空無苦湊拼
補隙尤須膺選命
誰能涉險計忞心

公孫龍升辯

予豈三七仔
尊前大嘴開
股民瘋領教
御賜敢綜賅

**法賊**

牢堅幾代等因該
刻薄人心自此開
道德邊區陰暗路
徘徊盡是影相拆

數雜家

消磨典則去溫呵
百縱淵泉小幾何
懶怠伸頭先受戮
從容美化趕時阿

晉鬼一族

招前魑魅聚商家
貨少煩丁點蟹蝦
短徑來回多魍魎
覷思運抵讓嘻哈

神遇

暗日光明月
星途駕遠馳
冀得真積力
分外免閒痴

空門亂碼

來時酒食冷空乾
美色孤衾夢枕寒
髻冠旁捐窺衲子
難知剃後有茫然

## 詩療疾

詩長杜工部
饋客秘多方
有女深染疫
一劑病脫光

杜甫友人妻患瘧疾，以己詩「夜闌更秉燭，相對如夢寐」勸念無效；更易以「子章髑髏血模糊，手提擲還崔大夫」，果一試苦痛盡去。

# 寒山入關

雲裒霞纓配
狐疑滿水深
難征山徑闊
欲寄獨川貞

惠洪文字禪

十分春瘦幾時休
一枕思歸淚晚丟
浪子無端空倦役
期終投杖亂深秋

有魔鬥

娑婆兩界浣清流
眥眼睚先運恐休
想做仙真先搏命
榮名勝出揀財鳩

乘願再來

殘山鬥剩有餘依
惡水翻贏賺瀝淅
白世無垠巴饗宴
希時盛會減清淒

卷四　人間社會空洞虛無化

## 棄舊後

無頭民主革新潮
詬詈奔馳議典縭
外範夷聲方肆響
驚奇選作棹長篙

又見街頭喋血

高擎萬幟仿鄰邦
竄動金陽刺眼盲
掩我難知一日好
通家兌你卻兵兵

自由妄念

背地生陰步
堂皇訒退場
潛首溪底過
應世幾時張

務外

多心自搗力中分
稅法毛絨老斷根
內寇悉招邊隱患
平蕪路少見蹄痕

## 陰制動

全拋彩球落誰家
暗線穿餘兩手枷
且滾渾輪雙逼戲
臺前草地少彈壓

翻案

新裁便制眄時修
舊典觀無慕季秋
審度寒冬先後效
陽春易過夏蟲啾

人才荒蕪

油然祿蠹顯村心
國賊含藏會小禽
湛業傳承低本事
開光創體曠逾今

斷
點

羨異誇洋術
蹉跎數本行
舉目蒿四境
棄學濫當夯

## 新型守財奴

窮資主義踩天涯
一只皮箱愛混搭
款寄西鄰孳滕息
凭欄怯望水潦沙

典沒

清人考據紹前流
越代迷西反潛悠
聖哲遺音不復道
完形絕學有誰修

瘋買辦

尖端複利早乘車
慘剩零星戲水歌
轉手能推輕限地
希時僥倖硬如柯

零賞榮光

忽來鎖鏈繫長工
產後生機審計空
總為徇私謀便利
皷餘始自暖深冬

海歸迷

難逢百載順洋飄
字典翻查搶午宵
緊抱新垣粗石礫
猜贏梓地擠人妖

文化征服

一朝變節殄尊嚴

頃刻人間斷足顛

萬品傾銷淹日曆

年來歲去抓神仙

**腳屈**

量身短促入倭流
仰首羞覘赭塞丘
頁問初文騷旅次
空無解答薊名幽

政治幫派

山林嘯聚晉壇堂
食辣吞香起地贓
跌落溝渠更隱號
明朝復出任低昂

賭

心長眼短絡今天
豈畏人言苦辣甜
賣命光身痴蹇運
焉知背地好花蔫

搶錢族

天機戳戌開
禱禁眾神咳
勿近取世路
太乙罪三陝

## 百變妖狐

溫辛小大獺一窩
狌狅穿梭顯力多
示弱強梁攻盜獵
敧兮免戰老依託

軋戲

聯軍自壯侮方休
漸熾團哄正莽揪
外禦初盟瘋立誓
佯攻反挫墓成丘

仵作登天

勘亡命抵驗心誠
練就無嘩掩世爭
驀見埕前新柳色
遐升意態九歌聲

票反

連臺秀戲客悉尊
只道填膺點絳唇
看板消磨痴月旦
山城越後又一村

氓

類失升顏閔
妍媸自品揣
攬罪夥倍率
墊底袞狂呼

羣蠅

腥羶聚腐蚋棲中
趨集蚉虻體齘空
俯瞰平疇皆力士
唧蛆入駐趁新鬨

## 通衢大道

偏逢政出漏重屋
德失丹青賭兩輸
莫念銀元威世道
豪強畢現蹭人誅

## 逃難

收匣旱澇止啼飢
地動傳檄陷底溪
法酷施勤烏噍類
緣何盼處草芳萋

飆

追風滑少滓糟清
宧海無波暗戥星
尹望齊奔虛卒歲
難如我等馭鶤鯨

歐風美雨

干支蜎雜索番旗
入幟鷹鴿戾血蹊
彈雨槍林辛亥後
凌天氣燄靡人激

點絳唇

紅顏美白次鮮棉
駛出歧途影像篇
誓不重回傷感地
人間蘆粉臼辛邊

鼎

世裔葳薪事
前承火供多
末競烹典律
斗小蔚一窩

## 茫途

栖惶問酒道難容
醉倒八方選控中
景後雲開傒徑闊
螯飛錯認數山空

## 錄鬼簿

渙承蠱後卦成堆

拈得吉凶出銳錐

戳痛寒風許不盡

俗情無奈少言虧

庚子年新冠肺炎疾疫大流行，友朋或筮得蠱卦，或

筮得渙卦，吉凶難定。世人逞臆妄為，宜有此一厄！

卷五　科技夢魘以太升級

## 史乘

誇能上帝立神威
淺眾嘩呼矯自危
變請一人初代業
洪荒老死化成灰

禍從地起

林蔦濫砍掖新城
闢建除途鳥事爭
偃蹇維生非法度
泥溝要塞死魂升

壩川

析骸技架兩峯間
築水堙山路給牽
錦繡歸蕪休念怪
心崩力失獺優先

眼失天際線

平僵緩地起高樓
械走空中六彩兜
豈望雲霓來客座
窮張兩目晃新洲

## 游龍

強彎隧道直橋樑
海底能穿比地疆
狀若條紋欺佛面
一聲短磬業環鑲

飛

航空舞動鶩翱翔
夜挾朝陽狼跨洋
縮地神行衝太保
煙塵尾綴鬼鏗鏘

鑿山

邊緣物料薑搜全
閃亮金銀祕少宣
崛盡今朝虧意境
商心滿足避旁蠋

## 抽油泵

黑金恰似簡流年
汲取渾波億萬千
到海爭雄鷹幾架
微形管浪日淹煎

## 佔海

平伸觸角入重淵
浪打風根想溯源
滿擋船燈空照徹
魚兒遠避讓刀喧

惡地表

攀爬嶺脈白埤塘
控勒村郭敢敵當
易水蕭岑茲別去
英雄莫返坼金剛

## 宇宙流光

銀河遠眺眨青睛
近覽圓球閉眼明
轉動微思心墜緒
翻科哲理鬧天星

吸能機

靈行物質律三條
反滅宜先比特嬌
耗小空餘將作甚
虛無逼近野人刁

複製

鳩工重紡校新縫
廠造成批儉素徽
數大行征伊請嘆
天庭給定罪清規

煉金術

兵凶植入棄唐捐
畛外窺知機早逝
役物析分綁內宣
爭研化學序單元

## 引擎貿啟

燃經內外火專情
驛動雲心碧血清
馳過他鄉掀寶地
資財掠盡朕妖精

## 出兵

新裝器械虎飛艦
炮打一方勝逞王
帝國裁成追績效
周邊慘害數糧荒

## 焱

汪洋得意銳金鞋
踩點鄰邦討定階
拒附強存吞恐嚇
揚旗壁立演摩些

失心瘋

長轟短擲撼晴空
鬼魅聯名烤技工
盡毀他人邀血淚
回神破涕死屍中

毒

風生霧靄袋紅塵
水利逢冤拽細針
絳雨澆淋灰世紀
空哽等候陸連嗔

核爆

蕈狀雲一朵
生靈飽半斤
詭計揹歹事
路見莫相親

凶

新饕聱立舔穹蒼
吐屬灰煙記兩章
餵食人兒杯見醉
迷離欠醒剩哭喪

智死實驗室

細菌孿生化
王人隱祕多
起復遭貶地
障腦癇強拖

病毒戰

爭端未啟霧先絲
逸出門簾養愛滋
煞死差堪川異味
他都亂疫總同疵

航天

升空火箭載良知
艦隊穿梭卻比痴
宇宙洪荒先老化
相隨乏道自陳屍

驚心陸海空

昂天對準犯雷公
砲管填充短命鐘
母艦航行機保衛
虛形戰火竄西東

洞

燃氟臭氧減一層
氯化追加碳已增
剪破包膜光紫洩
培多病院剃頭僧

## 太空垃圾

寰天擠衛星
鐵足不良行
遇廢忙等待
碎片幾時清

隱力

移情競改棄艱辛
網路攻防躲興親
出擊毋須敲子彈
茫然險勝夢瘂今

## 滿街機器人

耶埃按製洗流程
落魄江湖不許爭
遣派憑它一字點
如鉛臉色路相撐

**按鈕**

癱瘓咸朱手
祛紅剎那間
爆米花散易
點鐵石先闇

卷六　觀復我論著文字海

《詩話摘句批評研究》

成章意象最先傳
實句溫心救四端
摘得清詩名放送
亮光世眼我新專

《秩序的探索
——當代文學論述的省察》

文門變數生
過客轉臺萌
覷見繁罅隙
不隨水潦風

《文學圖繪》

字辭短許代相譏
會晤今朝始識奇
圖出千條人有望
繪成文事早還希

《臺灣當代文學理論》

思餘解構幾成空
避異鳴中入陣風
集負柴桑投僻地
迴身仰看已天沖

《語言文化學》

痴人夜夢多
白曉挺全郭
話語穿三遍
方知覓新窩

《臺灣文學與「臺灣文學」》

呼名罪孽卯一條
煮字療飢坐浪滔
騙過隔鄰藏耳目
如今再省恐難高

《佛學新視野》

平江佛渡葦憑依
許諾西天漫寶滴
輾轉流金悉盡去
黽為補漏勝無棲

《兒童文學新論》

童年小忌養鮮詞
學得時文待訾疵
趕走華年先著述
輸誠淺域我先辭

《新時代的宗教》

耶教頻滋事
佛門勸無方
儒出兼尚道
世界老冰霜

《思維與寫作》

攤開紙頁綠如田

滿喜洪荒有地捐

筆落長噫邀簡要

收回草句竟成篇

《佛教與文學的系譜》

長跌撿嘆稀
案坐控文几
雙拼夯許願
問某故人欺

《文苑馳走》

情思主祕會形文
哲入烹調始戒葷
幾度闌珊燈下覓
一人獨佔角成崑

《中國符號學》

言說話語聚一窟
文本篇章幾大壺
舉項邀來觀念後
西潮不妨面多敷

《作文指導》

雕龍未盡有文心
亂品詩餘陌上勤
未許街馳窺御道
詞摛已竟論時新

《後宗教學》

能疲遂末廣天呼
佛滅神奇道止哭
敢動儒門新玉葉
牆牢樹在美屠蘇

《死亡學》

寥落一身後
達人也罹災
先哲多肅敬
繼嗣少銜哀

《故事學》

空談敘述兌零星
起手研深小細丁
整救通盤交易後
明晰正告戲將傾

《閱讀社會學》

童兒避室腳先貪
轉讀成人更畏難
晃漾一車都未識
搭前久錯欠多勘

《文學理論》

言說文飾效一方
上下千年覩半滂
幾論西來教詬晬
惶然客對請新幫

《後佛學》

嚴冬去盡匝清旃
萬法圍兜空嘆悵
但識真常也了慚
無明愛取再生庵

《語文研究法》

方中法忍寄無生
幾寸相思老背僧
返抵門前身始熱
心知挂礙會紛爭

《後臺灣文學》

閒來結識舊風光
一曲琵琶解凍瘡
北往南來迷縱走
無人惦記娶紅妝

《創造性寫作教學》

教文輩對最難馴
你創他新等運親
坐轎誰攤終有數
低頻允許棄昨今

《身體權力學》

形神氣化定三欽
偃蹇一心藝事新
兩意通葳活塞路
蹁躚少四救沈金

《靈異學》

千重跨界找思惟
緊赴邊關歷百回
預備都中人盡識
書成豈料網蒙灰

又：空無道上憶無空，意態神奇鬼讚同。料得生機千萬變，檀城且慢做冬烘。

《語用符號學》

風潮末起眼攪心
用度言說獲底金
意欲權支他力配
理想化作命相侵
又：徽章畫盡問新裝，尺寸都縮底律慌。率在還估
千百遍，無人慮度矯成誣。

《紅樓搖夢》

鐘鳴鼎食看一家
貴冑紛來老眼瞎
許子豪門空對月
才高演後有新褡

《走訪哲學後花園》

念想無非總
桎團把線穿
選輯真卯力
契作假先彎

《佛教的文化事業
——佛光山個案探討》

逢河殺佛路難當
有志一同葦渡江
問道於盲先嚥氣
忙茫勝地不花香

《語文教學方法》

寧非食數人
點化在溝深
寫後明地裏
小悔挽餿真

《從通識教育到語文教育》

意識醫生棄

茅坑上建甂

阿里瘋井甃

亞馬遜司汀

《轉傳統為開新
——另眼看待漢文化》

朝潮野合雨祈來
語調升沈莫自嗨
戀字前頭先氣化
今無聖哲勢中拆

《文學詮釋學》

循環意識轉多華
斷鏈規章換噪聒
統整難容科際代
唯今訊變後資誇

《反全球化的新語境》

強說敘述老餘情
帝國拼圖渼海清
賞味凡庸精算計
靈療過後謅新星

《語文符號學》

符徵底現牌
旨意被心賅
趕盡生記號
饋反舊時哀

《生態災難與靈療》

環兜兩界久低昂
互槓傾斜惡總方
報盡前知纔報應
羞無後進又重雙

《文學概論》

理絕聽風采
心聲看束裝
策馬茲自去
老朽莫奔慌

《華語文教學方法論》

調唆老外臉新荒
表列千文著簡妝
歷盡相煎三夏後
頒期紙面淺藍光

《文化治療》

詳說創造太痴頑
氣化一重守末端
舉世都觀緣起早
反穿熇後換心寬

《華語文文化教學》

關雎理致唱歌單
貿得離騷曲轉彎
哲聖留人觀曠代
文章萬古愛尖端

《文學經理學》

公家短覺知
管控贐隨脂
創體還自我
盼你給靈芝

《解脫的智慧》

功名簿記水中流
苦守錢財命捨丟
愛欲終須勞跨世
親情許盡轉身悠

《文學動起來
——一個應時文創的新藍圖》

摛文服務古來風
我輩身兼化民鐘
有事多謀天下計
粗夯美化倚成空

《走出新詩銅像國》

植入西洋體
煌然選變徵
歷遍他野場
應悔棄弁升

《跟君子有約
：在全球化風險中找出路》

希仁進聖險中求
德業從來讓不休
孔孟蹉跎非百代
輪流我輩嘆時幽

《靈異語言知多少》

神言鬼語會三更
夢裏乾天且慢登
卻掃八方星作伴
希夷曲調有重哼

《新說紅樓夢》

淫貪斷已盟

點將錄前鋒

苦水熙鳳嚄

小子扮才翁

《《莊子》 一次看透》

呼招道在幾何中
指數顛連運不同
究極關懷堪自在
今程濟世易時通

《君子學：後全球化時代的希望工程》

天君子嗣轉身難

盡舉私名貿少安

擬想流金差遍地

層巒疊嶂忌全貪

《寫作新解方》

起步嫌泥溢
闌珊避過溪
一舉衝刺去
抵達卯根基

《《周易》一次解密》

疑生算命筮抽支
證驗靈機許上枝
取信鴻鵠先祭奠
掀毛數跡退餘吱

附錄：作者著作一覽表

# 一、論著

1. 《詩話摘句批評研究》，臺北：文史哲，1993。

2. 《秩序的探索——當代文學論述的省察》，臺北：東大，1994。

3. 《文學圖繪》，臺北：東大，1996。

4. 《臺灣當代文學理論》，臺北：揚智，1996。

5. 《佛學新視野》，臺北：東大，1997。

6. 《臺灣文學與「臺灣文學」》，臺北：生智，1997。

7. 《語言文化學》，臺北：生智，1997。

8. 《兒童文學新論》，臺北：生智，1998。

9. 《新時代的宗教》，臺北：揚智，1999。

10. 《佛教與文學的系譜》，臺北：里仁，1999。

11. 《思維與寫作》，臺北：五南，1999。

12. 《中國符號學》，臺北：揚智，2000。

13. 《文苑馳走》，臺北：文史哲，2000。

14. 《作文指導》，臺北：五南，2001。

15. 《後宗教學》，臺北：五南，2001。

16. 《故事學》，臺北：五南，2002。

17. 《死亡學》，臺北：五南，2002。

18. 《閱讀社會學》，臺北：揚智，2003。

19. 《文學理論》，臺北：五南，2004。

20. 《語文研究法》，臺北：洪葉，2004。

21. 《創造性寫作教學》，臺北：萬卷樓，2004。

22. 《後佛學》，臺北：里仁，2004。

23. 《後臺灣文學》，臺北：秀威，2004。

24. 《身體權力學》，臺北：弘智，2005。

25. 《靈異學》，臺北：洪葉，2006。

26. 《語用符號學》，臺北：唐山，2006。

27. 《紅樓搖夢》，臺北：里仁，2007。

28. 《語文教學方法》，臺北：里仁，2007。

29. 《走訪哲學後花園》，臺北：三民，2007。

30. 《佛教的文化事業——佛光山個案探討》，臺北：秀威，2007。

31. 《轉傳統為開新——另眼看待漢文化》，臺北：秀威，2008。

32.《從通識教育到語文教育》，臺北：秀威，2008。

33.《文學詮釋學》，臺北：里仁，2009。

34.《反全球化的新語境》，臺北：秀威，2010。

35.《文學概論》，新北：揚智，2011。

36.《語文符號學》，上海：東方，2011。

37.《生態災難與靈療》，臺北：五南，2011。

38.《華語文教學方法論》，臺北：新學林，2011。

39.《文化治療》，臺北：五南，2012。

40.《華語文文化教學》，新北：揚智，2012。

41.《文學經理學》，臺北：五南，2016。

42.《文學動起來──一個應時文創的新藍圖》，臺北：秀威，2017。

43.《走出新詩銅像國》，臺北：華志，2019。

44.《解脫的智慧》，臺北：華志，2017。

45.《與君子有約：在全球化風險中找出路》，臺北：華志，2020。

46.《靈異語言知多少》，臺北：華志，2020。

47.《新說紅樓夢》，臺北：華志，2020。

48.《莊子》一次看透，臺北：華志，2020。

49.《新說紅樓夢》，臺北：華志，2020。

50.《寫作新解方》，臺北：華志，2021。

51.《君子學：後全球化時代的希望工程》，臺北：華志，2021。

52.《周易》一次解密，臺北：華志，2021。

二、詩集

1.《蕪情》，臺北：詩之華，1998。

2.《七行詩》，臺北：文史哲，2001。

3.《未來世界》，臺北：文史哲，2002。

4.《我沒有話要說──給成人看的童詩》，臺北：秀威，2007。

5.《又有詩》，臺北：秀威，2007。

6.《又見東北季風》，臺北：秀威，2007。

7.《剪出一段旅程》，臺北：秀威，2008。

8.《新福爾摩沙組詩》，臺北：秀威，2009。

9.《銀色小調》，臺北：秀威，2010。

10.《飛越抒情帶》，臺北：秀威，2011。

11.《游牧路線——東海岸愛戀赤字的旅行》,臺北:秀威,201 2。

12.《意象跟你去遨遊》,臺北:秀威,2012。

13.《流動偵測站——列車上的吟詩旅人》,臺北:秀威,2016。

14.《詩後三千年》,臺北:秀威,2017。

15.《重組東海岸》,臺北:秀威,2018。

16.《絕句詩變身秀》,臺北:華志,2022。

三、散文集

1.《追夜》(附錄小說),臺北:文史哲,1999。

2.《酷品味:許一個有深度的哲學化人生》,臺北:華志,201 8。

四、小說集

1.《瀰來瀰去——跨域觀念小小說》,臺北:華志,2019。

2.《叫我們哲學第一班》,臺北:華志,2021。

## 五、傳記

1. 《走上學術這條不歸路》，新北：生智，2016。

## 六、雜文集

1. 《微雕人文——歷世與渡化未來的旅程》，臺北：秀威，201
3。

2. 《舌頭上的蓮花與劍——全方位經營大志典：言辭卷》，臺北：
大人物，1994。

## 七、編撰

1. 《幽夢影導讀》，臺北：金楓，1990。

## 八、合著

1. 《中國文學與美學》（與余崇生、高秋鳳、陳弘治、張素貞、黃
瑞枝、楊振良、蔡宗陽、劉明宗、鍾屏蘭等合著），臺北：五南，
2000。

2. 《臺灣文學》（與林文寶、林素玟、林淑貞、張堂錡、陳信元等

4. 《新詩寫作》（與王萬象、許文獻、簡齊儒、董恕明、須文蔚等合著），臺北：秀威，2009。

3. 《閱讀文學經典》（與王萬象、董恕明等合著），臺北：五南，2004。

合著），臺北：萬卷樓，2001。

國家圖書館出版品預行編目(CIP)資料

絕句詩變身秀 / 周慶華著 . -- 初版 . -- 臺北
市 : 華志文化事業有限公司 , 2022.01
　面；　　公分 . -- ( 觀念詩；01)
ISBN 978-626-95361-4-6( 平裝 )

863.51　　　　　　　　　110020117

日　華志文化事業有限公司

書名／絕句詩變身秀
系列／觀念詩 01

作　　　者　周慶華
執　行　編　輯　楊雅婷
美　術　編　輯　簡煜哲
封　面　設　計　王欣欣
文　字　校　對　陳志強
企　劃　執　行　康敏才
社　長　兼　總　編　輯　黃志中

出　版　者　華志文化事業有限公司
電　子　信　箱　huachihbook@yahoo.com.tw
地　　　址　116 台北市文山區興隆路四段九十六巷三弄六號四樓
電　　　話　0937075060

總　經　銷　商　旭昇圖書有限公司
地　　　址　235 新北市中和區中山路二段三五二號二樓
電　　　話　02-22451480
傳　　　真　02-22451479
郵　政　劃　撥　戶名：旭昇圖書有限公司（帳號：12935041）
售　書　號　G601
出　版　日　期　西元二〇二二年一月初版第一刷
定　　　價　二七〇元

PRINT IN TAIWAN

華志文化

華志文化